PUBLICATIONS DE LA RÉUNION DES

MÉLANGES MILITAIRES

(série)

XXIV XXV XXVI

COMPTE RENDU

DES

MANŒUVRES D'AUTOMNE

DE L'

L'ARMÉE D'OCCUPATION EN 1872

D'après l'allemand

Par M. WEIL

PARIS

CH. TANERA, ÉDITEUR

LIBRAIRE POUR L'ART MILITAIRE ET LES SCIENCES

Rue du Cercle, 6

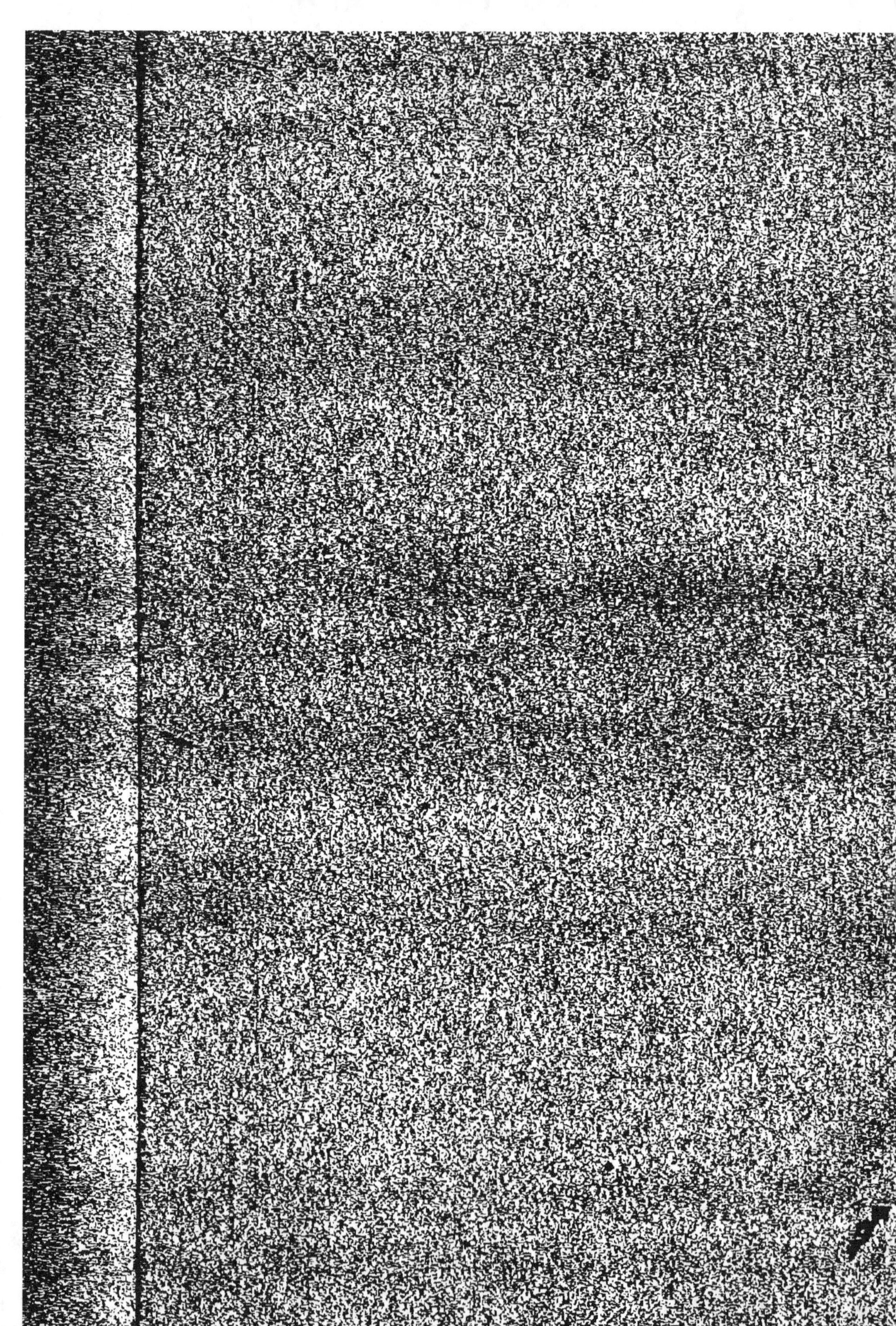

MANŒUVRES D'AUTOMNE

DE L'ARMÉE D'OCCUPATION EN 1872

EN VENTE A LA MÊME LIBRAIRIE

MÉLANGES MILITAIRES

PREMIÈRE SÉRIE

CONTENANT

LES PRINCIPAUX ARTICLES PUBLIÉS

DANS LE

BULLETIN DE LA RÉUNION DES OFFICIERS

EN 1871 ET 1872

5 VOLUMES PETIT IN-8° CARTONNÉS

Prix : 25 fr.

Il ne reste qu'un très-petit nombre de collections complètes.

---

173 — Paris, imp. A. Dutemple, 64, ue Bonaparte.

PUBLICATION DE LA RÉUNION DES OFFICIERS

COMPTE RENDU

DES

MANŒUVRES D'AUTOMNE

DE

L'ARMÉE D'OCCUPATION EN 1872

D'après l'allemand

Par M. WEIL

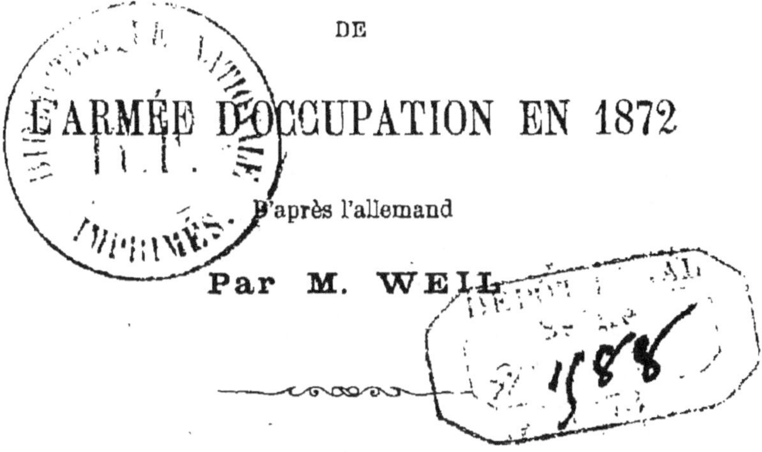

PARIS

CH. TANERA, ÉDITEUR

LIBRAIRIE POUR L'ART MILITAIRE ET LES SCIENCES

Rue de Savoie, 6

1873

MANŒUVRES D'AUTOMNE

DE

L'ARMÉE D'OCCUPATION EN 1872

Les troupes dont se compose l'armée d'occupation ont, comme les troupes de garnison en Allemagne, terminé leurs manœuvres annuelles d'instruction par une série d'exercices. On a d'abord exécuté des manœuvres de brigade, puis des manœuvres de toutes armes ; enfin on a fait opérer des corps les uns contre les autres.

Ces dernières manœuvres n'ont pu s'effectuer que par demi-brigades ou plutôt par gros détachements, par cela même que les Prussiens, toujours inquiets, ne voulaient dégarnir aucun point, afin d'être toujours en mesure d'assurer la sécurité et le maintien de leur occupation.

Nous allons examiner ici les manœuvres faites entre Reims et Épernay, par la 11e brigade d'infanterie prussienne, et essayer, en retraçant ces manœuvres, d'exposer la méthode suivie par les Prussiens et de faire ressortir l'application des formations nouvelles récemment adoptées en Allemagne, ainsi que le rôle joué par les différentes armes.

Voici l'idée qui servait de base à ces manœuvres :

Deux armées venant, l'une de l'ouest, l'autre de l'est, marchent l'une contre l'autre, et leurs avant-gardes sont arrivées, dans le département de la Marne. L'armée de l'Est, grâce à un mouvement fait par un corps détaché d'une de ses ailes, s'est emparée de Reims, et ce corps a pour mission d'opérer contre Épernay et contre l'armée ennemie, qui débouche de la vallée de la Marne. Un détachement de l'armée de l'Ouest est chargé de défendre et de conserver ce débouché.

Cette idée générale était, du reste, commentée et ensuite expliquée chaque jour aux commandants des corps par des instructions spéciales, et de temps à autre on a même modifié la force des effectifs des troupes des deux adversaires.

Les troupes appelées à exécuter ces manœuvres se composaient de :

1° *Détachement de l'Est :*

3 bataillons du 20e régiment d'infanterie,
2 escadrons du 6e régiment de cuirassiers,
2 escadrons du 11e régiment de uhlans,
1 batterie de 4 pièces.

2° *Détachement de l'Ouest :*

3 bataillons du 35e régiment de fusiliers,
2 escadrons du 6e régiment de cuirassiers,
1 section d'artillerie.

I. — OPÉRATIONS DU 23 SEPTEMBRE

D'après les instructions spéciales pour ce jour, le détachement de l'Est devait se porter en avant de Reims, en se dirigeant vers le sud ; le détachement de l'Ouest devait chercher à arrêter sa marche en prenant de fortes positions.

Le terrain se prêtait, du reste, complètement à une opération de ce genre:

Si l'on jette un coup d'œil sur la carte, on voit immédiatement qu'un immense plateau boisé, d'une altitude moyenne de 4 à 500 pieds, connu sous le nom de *forêt de la Montagne de Reims*, s'étend entre Reims et Épernay. Ce plateau se ramifie dans toutes les directions entre la Vesle et la Marne, et plusieurs de ces rameaux forment de nombreuses lignes de collines aux pentes peu escarpées et d'un accès facile. Ces collines sont donc presque toutes autant de positions excellentes et que de petits détachements peuvent défendre aisément.

Les pentes du haut plateau sont naturellement moins praticables. Ses flancs sont garnis, dans les parties basses, de vignes ; dans les parties hautes, de bois qui en couvrent les sommets et les pentes postérieures, et qui, par suite, ne laissent que peu de place pour déployer des troupes. Les communications en arrière du plateau sont rendues plus difficiles encore par l'existence d'une série continue de défilés. La défense, malgré l'avantage que lui donnait une position semblable, se trouvait donc avoir à disposer d'un terrain qui, si l'on voulait résister sérieusement, ne se prêtait que médiocrement au maintien de l'ordre et de l'harmonie de la ligne de bataille. De plus, on avait derrière soi un défilé et l'on se voyait, par suite, obligé à ne pas prolonger la défense outre mesure, dès le moment où l'ennemi aurait commencé à gagner sérieusement du terrain.

Les opérations de guerrre commencèrent à sept heures du matin.

Les deux corps se concentrèrent : le détachement de l'Ouest au sud-est de Reims, sur la vieille route d'Epernay, son avant-garde occupant Cormontreuil et les bords de la Vesle; le détachement de l'Est également sur les bords de la Vesle, aux portes mêmes et à l'est de Reims.

On commença aussitôt les opérations.

L'avant-garde du corps de l'Est se mit en marche, couverte par un rideau de uhlans, disposés en avant, en éventail, qui ne tardèrent pas à établir le contact avec les petits postes d'infanterie ennemie qui gardaient le pont de la Vesle, le pont du canal de l'Aisne à la Marne, et qui occupaient Cormontreuil.

On porta aussitôt en avant l'infanterie de la pointe d'avant-garde, et celle-ci s'empara au pas de course, après une fusillade assez vive, quoique de peu de durée, des deux ponts et, presque aussitôt, de Cormontreuil.

Les troupes du corps de l'Ouest (il n'y avait là qu'une compagnie, qui opposa une résistance des plus intelligentes) se retirèrent sur une petite hauteur en arrière de Cormontreuil.

Le gros du corps resta dans les positions qu'il avait occupées dès le principe, environ à 2 kilomètres plus en arrière. Son aile droite s'appuyait au moulin de Montferré, une de ces collines qui forment les premiers contre-forts de la Montagne de Reims ; son aile gauche, au village de Trois-Puits.

Pendant ce temps, le gros du détachement de l'Est n'avait pas suivi la même route que son avant-garde ; il avait continué à remonter le cours de la Vesle, qu'il avait traversée plus loin ; il marchait dans la direction du sud, en cherchant à tourner la position principale du corps de l'Ouest, et à le déborder sur son flanc, pendant que l'avant-garde et les nombreux uhlans qu'elle avait dispersés en avant suivaient pas à pas dans leur mouvement de recul les troupes d'avant-garde du détachement de l'Ouest.

Lorsque l'on jugea que le gros du corps avait suffisamment accentué son mouvement, on se porta dans la direction du village de Trois-Puits ; on l'attaqua de deux côtés à la fois, et on l'enleva. Le corps de l'Ouest ne pouvait dès lors plus se maintenir sur la colline du moulin de Montferré, occupée par son autre aile. On dut l'évacuer, et le corps de l'Ouest commença sa retraite, qu'il fit couvrir par son artillerie.

A un kilomètre au sud de la position que le corps de l'Ouest venait de se voir forcé de quitter, on en trouve une autre au moins aussi favorable à la défense. Une deuxième colline, plus élevée et plus vaste, s'élève à l'ouest du village de Montbré. Un bataillon peut se mouvoir sur le sommet de cette colline, qui domine absolument et de toute part le terrain environnant.

C'est là que se réunit le corps de l'Ouest, qui, afin d'être plus complétement concentré et plus à même d'opposer une résistance énergique, n'occupa pas le village de Montbré, situé à peu de distance de la colline.

Le corps de l'Est, qui jusqu'ici n'avait dû ses avantages qu'à ses manœuvres, changea de tactique et se disposa à attaquer directement la position de l'ennemi.

Il y eut là une vraie attaque de hauteurs.

Les pièces du corps de l'Est s'étaient mises en batterie sur la hauteur précédemment occupée par l'aile droite du corps de l'Ouest, et de là avaient ouvert le feu contre le sommet de la colline.

L'artillerie du corps de l'Ouest, placée un peu en arrière de ce sommet, et parfaitement couverte, répondit vigoureusement.

L'infanterie du corps de l'Est avait pendant ce temps dessiné son mouvement offensif : un bataillon marchait contre le front de la position, un autre l'attaquait par le versant occidental de la colline, un autre suivait en réserve.

D'abord formés en lignes de colonne de compagnie, les bataillons de la première ligne, arrivés à 1,200 pas de l'ennemi, poussèrent en avant leurs essaims de tirailleurs. Derrière ceux-ci venaient les soutiens, marchant par le flanc ; puis, plus en arrière, des pelotons entiers marchant également par le flanc.

La cavalerie était plus en arrière, à l'aile droite, dans la plaine, couvrant ainsi les flancs du corps.

Le corps de l'Ouest était disposé de la façon suivante :

Un bataillon était spécialement chargé de la défense du

plateau ; les deux autres et les deux escadrons de cuirassiers étaient massés plus en arrière, complétement à l'abri et prêts à faire des mouvements offensifs sur les versants droit et gauche du plateau.

Le bataillon qui occupait le sommet de la colline avait envoyé un peloton de tirailleurs de chaque compagnie jusque sur le bord du plateau. Les deux autres pelotons de chaque compagnie étaient placés à quelques pas en arrière, formés en pelotons par le flanc ; les hommes, tous couchés ou à genou, étaient complétement à couvert.

Dès que les tirailleurs de l'assaillant furent arrivés à portée, les défenseurs du plateau commencèrent à diriger contre eux un feu bien réglé, qui ne tarda à devenir peu à peu plus intense ; puis, quand on vit s'avancer des détachements plus forts et plus profonds, on fit entrer en ligne les compagnies (c'est-à-dire les soutiens). Celles-ci se portèrent au pas de course sur la ligne des tirailleurs, se déployèrent et exécutèrent rapidement deux ou trois salves très-régulières et bien dirigées, pour disparaître ensuite avec une égale rapidité derrière le pli de terrain qui les abritait. Il est bon de faire remarquer à ce propos que les officiers indiquèrent, avant chaque salve, le but qu'il fallait viser, la position qu'il convenait de donner à la hausse, ainsi que la distance à laquelle se trouvait l'ennemi.

Pendant que l'un des bataillons s'avançait, sous un feu des plus vifs, contre le front de la position ennemie, l'autre était arrivé au pied occidental de la hauteur, qu'il commença à gravir.

Le corps de l'Ouest envoya contre ce bataillon son unique bataillon de réserve, qu'il déploya en partie en tirailleurs. En outre, un escadron de cuirassiers reçut l'ordre de se jeter sur le flanc droit de ces tirailleurs ennemis, afin de les obliger à s'arrêter ou à se grouper.

Mais ces tirailleurs, sans se former en carré ou en masse compacte, se contentèrent de resserrer leur ligne, renforcée immédiatement par les soutiens, et accueillirent l'escadron avec des feux bien réglés de peloton et de demi-peloton. Malgré l'ordre remarquable qui ne cessa pas de régner dans cette ligne de tirailleurs, sa situation devenait cependant de plus en plus grave, d'autant plus que, comme elle présentait à ce moment un but assez profond, l'infanterie ennemie s'empressa de diriger sur le front et sur l'aile gauche de ces tirailleurs un feu des plus intenses.

Après avoir tenté ce mouvement offensif contre les tirailleurs ennemis, les cuirassiers du corps de l'Ouest (les deux escadrons) tentèrent une seconde fois de charger l'aile droite de l'assaillant, mais ils furent repoussés par une charge faite par la cavalerie du corps de l'Est.

Dès qu'il eut ainsi dégagé son aile droite, le corps de l'Est commença l'assaut du plateau; les soutiens vinrent s'insérer dans la chaîne des tirailleurs, qui reçut également les colonnes formées par le reste des bataillons. On franchit alors en courant et en poussant des hourrahs l'espace qui séparait ce bataillon de l'ennemi, pendant que le bataillon de réserve cherchait à tourner le pied oriental de la colline.

Le corps de l'Ouest déploya de nouveau sur le bord du plateau les sections qui, après avoir tiré, s'étaient reformées en colonnes, et dirigea sur l'assaillant plusieurs salves. Malgré ce feu terrible, celui-ci continuait à avancer, et il était arrivé à 50 pas du sommet du plateau, quand on fit sonner la *halte générale*.

Pendant que les troupes se reposaient à l'endroit même où on les avait arrêtées, les officiers montés vinrent former le cercle autour du général commandant, qui leur fit ses observations sur le combat qui venait d'avoir lieu. Puis on donna un peu de temps au corps de l'Ouest, temps destiné à lui permettre d'évacuer la hauteur, et une demi-heure après le combat recommençait.

Avant de continuer à examiner les opérations, le moment est venu d'en interrompre pour un instant la relation.

Il est bon de faire remarquer qu'on n'a jamais cessé d'observer pendant ces exercices le principe suivant : *On ne doit jamais, après l'avoir défendue énergiquement, et quand même l'ennemi serait parvenu à s'en approcher énormément, abandonner une bonne position avec une précipitation qui peut jeter le désordre dans les troupes.*

Les défenseurs des positions les ont toujours occupées jusqu'à la dernière extrémité ; ils ont soutenu toutes les attaques, cessant de combattre seulement quand l'ennemi arrivait sur eux, pour se replier aussitôt en bon ordre et opérer leur retraite d'abord avec le gros, suivi ensuite par les essaims de tirailleurs. C'est, du reste, ce qui arrive constamment en campagne, où, quand une troupe est obligée de quitter une position, on voit encore de petits groupes, conduits par des officiers énergiques, rester en arrière et continuer à combattre.

La stricte observation du principe que nous venons d'énoncer produit en effet un double résultat :

1° On habitue ainsi les troupes à attendre de pied ferme toute attaque, à se considérer comme invincibles quand elles occupent de bonnes positions ; d'autre part, au moment où on les porte en avant pour enlever une position, on arrive également à leur faire croire qu'elles ne peuvent être repoussées, qu'elles ne peuvent, qu'elles ne doivent jamais être forcées à plier.

2° On fait disparaître tous les ferments de désordre et de confusion qui n'ont, sans cela, que trop d'occasions de surgir lors d'une retraite un peu précipitée, et qui ne tardent pas à faire oublier aux hommes les bonnes et sages leçons qu'on leur a si soigneusement inculquées.

C'est pour cela même que l'arbitre s'empressait de faire reculer un détachement, dès qu'engagé dans un combat partiel, il se trouvait hors d'état de résister aux attaques de son adversaire.

Comme nous l'avons indiqué ci-dessus, au moment où le combat recommença, le corps de l'Ouest était en train d'évacuer lentement la hauteur; il avait seulement laissé en arrière quelques compagnies, chargées d'occuper un boqueteau jusqu'à ce que le gros du corps eût atteint le pied de la colline.

Le corps de l'Est prit donc presque aussitôt possession de la hauteur, s'avança jusqu'à l'extrémité méridionale du plateau, et dirigea de là des feux de tirailleurs sur les colonnes en retraite de l'ennemi.

Au même moment, le commandant de ce corps fit changer de place à son artillerie, qui vint prendre possession sur le plateau, d'où elle commença à canonner les troupes ennemies.

Une fois parvenu au pied de la colline, le commandant du corps de l'Ouest avait détaché son arrière-garde, à laquelle il donna l'ordre de se maintenir pendant quelque temps encore dans une ferme, puis de suivre le mouvement du gros, en *formation de combat*, avec des soutiens et des lignes de tirailleurs. Quant au gros du corps, il s'était replié d'abord en *colonne de compagnie*, pour se former ensuite, dès qu'il fut arrivé hors de portée de canon, en *colonne de marche*.

Le corps de l'Est, épuisé par le combat qu'il venait de livrer, s'était arrêté sur le plateau qu'il avait enlevé, et s'était contenté de pousser en avant un escadron de cuirassiers, avec ordre de ne pas perdre la trace de l'ennemi et de rester en contact constant avec lui.

Les cavaliers s'acquittèrent à merveille de leur mission, se répandirent de tous côtés autour de l'arrière-garde ennemie, qui déploya également sa cavalerie. La plaine entière se trouva alors sillonnée par de longues chaînes de cuirassiers, qui ne cessèrent de se harceler réciproquement qu'au moment où cette arrière-garde s'arrêta, se forma de manière à être prête à prendre les armes à chaque instant, tout en s'occupant d'installer ses bivacs. On fit préalablement exécuter à la cavalerie un petit mouvement offensif, destiné à rejeter les cavaliers du corps de l'Est, et à les empêcher de pouvoir se rendre compte de l'endroit choisi pour l'installation du bivac, qui fut établi dans une position des plus favorables, derrière un pli de terrain. Dès qu'on fut parvenu à faire reculer un peu ces éclaireurs, les deux lignes de cavaliers s'arrêtèrent. On remplaça aussitôt ces éclaireurs par des avant-postes, qu'on ne tarda pas à diminuer peu à peu, à éloigner de l'ennemi, à placer sur des points culminants; on les transforma, en un mot, en une simple ligne de vedettes, derrière laquelle on disposa les grand'gardes de cuirassiers; enfin, le bataillon d'avant-poste et le reste de l'escadron de cuirassiers bivaquèrent plus en arrière.

Il convient de faire remarquer ici qu'en campagne les avant-postes du détachement de l'Ouest auraient été portés sur la crête des hauteurs et non dans la plaine, au pied même des collines; mais en temps de paix, afin de ne pas endommager la culture et les vignobles, on a été obligé de modifier leur position.

La cavalerie laissa ses vedettes en position jusqu'à la tombée de la nuit; ces vedettes couvraient une vaste étendue de terrain et étaient disposées d'une façon très-convenable. Pendant la nuit, l'infanterie fut chargée du service de sûreté et porta ses postes avancés de deux hommes à quelques pas en arrière de la ligne occupée auparavant par les vedettes de cavalerie.

Des deux côtés on fit faire, le soir, de petites reconnaissances qui se paralysèrent réciproquement.

Le commandant en chef inspecta encore le même soir les
grand'gardes, qui, cette fois comme plus tard, firent preuve
d'une connaissance parfaite de leur service, donnèrent des
renseignements exacts sur la position présumée de l'ennemi,
sur l'emplacement occupé par le corps, sur le nom et la configuration des localités environnantes, sur la direction et la
nature des routes et chemins.

L'ordre le plus parfait n'a pas cessé de régner dans les
bivacs, et l'on remarqua surtout la grande propreté des
hommes.

II. — OPÉRATIONS DU DEUXIÈME JOUR, 24 SEPTEMBRE.

D'après les instructions spéciales pour la journée du 24,
le corps de l'Ouest, tout en continuant à résister à l'ennemi,
ne devait pas cependant tenir trop longtemps sur le haut
plateau de la Montagne de Reims ; on l'informait en effet
qu'un second corps ennemi était en marche vers l'ouest, se
dirigeait sur le village de Rilly, menaçait de l'inquiéter sur
sa gauche, et essayait de parvenir de ce côté sur le plateau.

Le corps de l'Ouest devait, en passant par Craon-de-Ludes,
continuer sa retraite dans la direction de Louvois, en suivant la vieille route de Reims à Épernay.

Le terrain qui servait ce jour-là aux opérations s'étendait à droite et à gauche de la vieille route de Reims à Épernay. Cette route, après avoir dépassé les premiers mamelons et les petites collines situées près de Trois-Puits et de
Montbré, court pendant un certain temps à travers une plaine
un peu accidentée, puis elle décrit une grande courbe et ar

rive, en traversant des vignes et après avoir été encaissée à plusieurs reprises, jusqu'à la crête des hauteurs, dont elle atteint le sommet près de Craon-de-Ludes, point culminant d'où l'on découvre toute la plaine.

Aux environs de Craon-de-Ludes, les flancs de la montagne s'avancent de temps à autre des deux côtés de la route en terrasses affectant quelque peu la forme de bastions ou de ravelins. Des deux côtés de la route se trouvent des vignes, mais les pentes occidentales des hauteurs sont couvertes de broussailles et de boqueteaux qui s'étendent jusqu'à la plaine et jusqu'au village de Ludes. Ces boqueteaux et ces broussailles permettent à l'assaillant, une fois qu'il s'est rendu maître du long village de Ludes, situé au pied même des hauteurs, de parvenir sur le sommet de cette hauteur en la tournant, et de pouvoir se porter par un mouvement de flanc contre le point où la route s'enfonce dans les bois épais qui couvrent le plateau, c'est-à-dire contre le point où commence, à proprement parler, le défilé.

Ce défilé n'a guère plus de 1800 mètres ; on arrive ensuite d'abord dans une clairière, puis dans une petite gorge à l'extrémité méridionale de laquelle se trouve le hameau de la Neuville. Puis la route traverse encore, à quelque distance du hameau, un petit défilé boisé, pour déboucher dans la grande vallée où sont situés les villages de Louvois et d'Avenay.

Le corps de l'Ouest commença ses opérations du 24 de la manière suivante : les avant-postes restèrent dans leurs positions de la veille, afin de masquer le mouvement du gros, qui gagna et occupa pendant ce temps les hauteurs, sur lesquelles il attendit ces avant-postes, devenus une arrière-garde destinée à ralentir la poursuite de l'ennemi et à lui infliger des pertes.

Afin de dissimuler ce mouvement du gros et le départ des

avant-postes, le commandant de ces troupes d'avant-postes avait poussé en avant un de ses deux escadrons, qui avait forcé à la retraite les éclaireurs ennemis, occupés à reconnaître sa position, et qui, lorsque ceux-ci revinrent en force et appuyés par des soutiens, les retarda le plus possible dans leur marche

Ce ne fut que quand les derniers hommes des grand'gardes eurent disparu dans le défilé encaissé par les vignes, que les cuirassiers commencèrent à suivre le mouvement général du corps, après s'être préalablement arrêtés quelque temps au pied de la hauteur pour se former en colonne et être prêts à charger les cavaliers ennemis.

Le gros du corps de l'Ouest avait, pendant ce temps, pris position sur le bord du plateau et occupé Craon-de-Ludes, une tuilerie située un peu en avant et à gauche de ce village, les terrasses faisant saillie, les pentes boisées qui s'étendent jusqu'à la plaine, et enfin le village de Ludes. L'artillerie s'était établie sur un point élevé d'où elle pouvait battre la plaine au loin et de tous côtés.

Le corps de l'Est, après avoir essayé de pousser ses éclaireurs jusque contre la position ennemie, avait fait suivre la route à son gros et à son avant-garde, et atteignait le pli de terrain derrière lequel les avant-postes ennemis avaient bivaqué la nuit précédente, lorsqu'il se trouva exposé au feu de l'artillerie de l'Ouest, établie sur le plateau, à 3000 mètres environ de ce point.

La batterie du corps de l'Est prit position aussitôt pour répondre à celle de l'ennemi ; l'infanterie se dissimula derrière le mouvement de terrain et, après avoir préalablement sommé de se rendre les troupes qui occupaient Ludes, on commença l'attaque de ce point.

Couvertes par les vignes, trois compagnies attaquèrent simultanément du côté du nord et de l'ouest le village, difficile à défendre, le prirent après un combat de peu de durée, et commencèrent à s'avancer vers les boqueteaux qui couvrent les flancs des hauteurs. On enleva peu après les lisières de ces petits bois, et les tirailleurs du corps de l'Est, se glissant de bois en bois, continuèrent leur mouvement, presque toujours sans avoir besoin de se découvrir, contre la partie supérieure du plateau.

Arrivés à mi-côte, ils rencontrèrent une résistance énergique; le commandant du corps de l'Ouest, sentant bien que c'était là le point vulnérable de la position, craignant d'être coupé de sa ligne de retraite, envoya de ce côté des troupes fraîches, qui cherchèrent à repousser les faibles détachements ennemis. Ceux-ci parvinrent néanmoins à se maintenir; se servant habilement du terrain avoisinant les lisières des petits bois, s'abritant dans les fossés, dans les sablières, ils purent attendre l'arrivée de renforts qui leur permirent de se reporter en avant.

Ce combat de tirailleurs dans un terrain coupé, dans lequel on trouva moyen d'expérimenter le nouveau système des groupes, fut admirablement bien mené.

La lutte s'était également engagée sur le front de la position, mais elle ne pouvait avoir là qu'un caractère tout à fait secondaire. Tout le succès de l'opération dépendait du sort du mouvement exécuté par l'aile droite du corps de l'Est, et de la possibilité de pouvoir, par une marche rapide contre Craon-de-Ludes, couper complétement le corps de l'Ouest. Aussi, dès que le corps de l'Est se fut rendu maître des hauteurs situées à gauche de Craon, eut même rejeté vers l'ouest un détachement ennemi, et fut, pour ainsi dire, parvenu à se loger dans la ligne de défense de son adversaire, le commandant du corps de l'Ouest, à moins de compromettre complétement le salut de ses troupes, se voyait obligé d'évacuer sa position.

En présence des attaques tentées sur son flanc gauche avec une violence de plus en plus inquiétante, il donna l'ordre de ne laisser sur ce point qu'une forte arrière-garde, de reporter tout le reste du corps sur la route, et de continuer sans plus tarder la retraite. Les défenseurs de Craon-de-Ludes, dont, malgré un feu des plus vifs, de forts essaims de tirailleurs ennemis s'étaient approchés jusqu'à cinquante pas, formaient la queue de la colonne.

La dernière compagnie du corps s'acquitta à merveille de sa mission, et réussit à donner à la colonne le temps d'effectuer sa retraite en bon ordre, en occupant les côtés de la route, qui la dominent de toute part, et en empêchant ainsi l'ennemi de s'engager immédiatement dans le défilé.

Malgré la difficulté du terrain dans lequel se livra ce premier combat du 24, terrain tout à fait disposé de façon à faire sortir les troupes des mains de leurs chefs, l'ordre le plus parfait se maintint des deux côtés.

Le corps de l'Ouest continua à traverser le défilé, dans lequel le corps de l'Est, retardé par l'engagement qui avait eu lieu à l'entrée, ne put entrer que quelque temps plus tard. L'opération prit à ce moment le caractère d'une marche avec arrière-garde et avant-garde, que l'on composa uniquement de troupes d'infanterie, par cela même que les deux adversaires ne cessèrent jamais d'être à portée de fusil.

Lorsque le corps de l'Ouest fut arrivé près de la Neuville, il se déploya à droite et à gauche du hameau pour empêcher l'ennemi de déboucher du défilé. L'extrême arrière-garde reçut même l'ordre de rester dans le défilé, d'y occuper une position favorable et d'attendre là l'ennemi.

A trois cents ou quatre cents pas de la lisière du bois se trouve, à l'est de la route, une petite hauteur d'où l'on peut balayer facilement cette route, qui s'étend droit à ses pieds. C'est sur cette hauteur qu'une section de tirailleurs se cacha derrière les broussailles, pour ouvrir, après l'avoir laissée approcher, un feu des plus vifs sur la pointe d'avant-garde de l'ennemi. Toute la colonne ennemie dut s'arrêter; deux sections s'avancèrent, l'une de front, contre la petite hauteur, l'autre avec ordre de la tourner, et ce ne fut que lorsque le faible détachement du corps de l'Ouest eut été obligé de battre en retraite, après un engagement des plus acharnés, que le corps de l'Est put reprendre sa marche.

Couverte par ses tirailleurs, l'avant-garde de ce corps s'avança jusqu'à la lisière du bois; mais là elle se retrouva exposée au feu de l'artillerie ennemie, qui, placée en arrière des lignes occupées par le corps, avait pris position à couvert sur un plateau en arrière de la Neuville, et tirait à pleine volée sur la lisière du bois, dont elle n'était éloignée que de 1,200 mètres.

Le gros du corps de l'Ouest s'était déployé à environ mille pas de la lisière du bois; son centre s'appuyait au hameau de la Neuville, dont les maisons, entourées de jardins clos par des murs ou des haies, dominent un peu la route; sa gauche à la lisière d'un autre bois; sa droite à une chaussée; son extrême droite à un chemin creux situé au pied de collines. Malheureusement un bois touffu, qui s'étend à quelques centaines de pas à l'ouest de la route à laquelle s'appuyait l'aile droite, se relie à la lisière occupée par le corps de l'Est, et dès que l'on parvenait à surmonter les difficultés que ce bois opposait à la marche des troupes, on arrivait à prendre de flanc la position de la Neuville.

Pour parer à ce danger, le commandant du corps de l'Ouest avait placé sur ce point une compagnie. Le reste de l'infanterie était en tirailleurs avec des soutiens formés en colonne un peu en arrière.

Les compagnies coupées près de Craon-de-Ludes, et qui avaient rejoint en suivant un sentier dans le bois, arrivèrent à ce moment et vinrent renforcer l'aile gauche. La cavalerie, dont on n'avait aucun besoin, avait été renvoyée en arrière.

Le corps de l'Est, afin de pouvoir déboucher du défilé, commença le combat en garnissant la lisière du bois avec de longues et fortes chaînes de tirailleurs, qui ouvrirent immédiatement le feu, et profita du prolongement que présentait le bois à sa gauche pour se porter en avant de ce côté.

Pendant que l'aile gauche du corps de l'Est engageait un combat dans le bois avec l'aile droite du corps de l'Ouest, et gagnait peu à peu du terrain de ce côté, le centre essayait de se porter en avant, droit devant lui, afin de pouvoir se déployer hors du bois. A mesure que l'aile gauche gagnait du terrain, on vit sortir du bois une, puis deux, puis trois sections de tirailleurs ; puis leurs soutiens, puis des troupes, en colonnes de compagnie. L'artillerie du corps de l'Ouest cherchait à retarder ce déploiement et saluait d'une ou plusieurs salves l'apparition de chaque nouvelle troupe. Mais ceux-ci continuèrent à se porter en avant, malgré le feu de l'infanterie et de l'artillerie de l'Ouest, et quand ils eurent fait assez de progrès, ils firent avancer leur batterie. L'artillerie du corps de l'Ouest s'était retirée quelques minutes plus tôt, et la batterie, couverte par un pli de terrain au bord de la lisière du bois, put alors ouvrir un feu terrible sur la Neuville et les fantassins qui en défendaient les maisons.

L'aile gauche, pendant ce temps, continuait à s'avancer, et l'on put alors diriger sur toute la ligne ennemie une attaque générale, qu'avait préparée le feu des tirailleurs, que soutenait la batterie, et que le mouvement de l'aile gauche facilitait d'une façon si sensible.

Les essaims placés en avant furent renforcés par des compagnies entières, et les fantassins du corps de l'Est s'élancèrent au son du clairon et du tambour pour franchir l'espace qui les séparait encore de l'ennemi. Les compagnies de l'aile gauche prirent part à ce mouvement et se rabattirent sur le flanc droit de l'ennemi.

Celui-ci, fidèle au principe qu'il avait appliqué la veille, *de ne jamais se retirer ni en désordre ni trop tôt*, résista et reçut cette attaque avec calme, dirigeant contre l'assaillant un feu bien nourri.

On sonna la *halte générale* à ce moment; les officiers vinrent se grouper autour du commandant en chef, qui leur fit ses observations et accorda une demi-heure de repos aux troupes.

Au bout de cette demi-heure le corps de l'Ouest battit en retraite en appliquant une seconde fois les principes qu'il avait suivis en évacuant, le premier jour, les hauteurs de Montbré. Il passa le deuxième défilé boisé situé au sud de la Neuville et déboucha dans la vallée de Louvois et d'Avenay.

Mais cette fois, au lieu de tenter d'arrêter l'ennemi à la sortie du défilé, le commandant du corps chercha à retarder l'ennemi en le trompant sur la direction prise par les troupes en retraite. En effet, aussitôt après être sorti du défilé, le commandant en chef du corps fit obliquer le gros à l'ouest de la route, et, afin d'induire son adversaire en erreur, il donna à son arrière-garde l'ordre de continuer sa retraite en suivant cette route. Le gros du corps ne tarda pas à disparaître entièrement derrière un pli assez sensible de terrain, et rien, par suite, ne pouvait révéler à l'ennemi la direction qu'il avait prise.

On avait évité en effet de laisser en arrière des flanqueurs, qui n'auraient servi qu'à donner à l'ennemi des indications sur la route suivie par le corps. On se contenta seulement, avec raison, de porter plus sur le côté et de cacher derrière un mouvement de terrain un peloton de cuirassiers, qui plus tard repoussa à plusieurs reprises et culbuta les éclaireurs que le commandant du corps de l'Est avait envoyés en avant pour orienter son corps.

Pendant ce temps le corps de l'Est avait traversé la forêt, mais, ignorant la direction suivie par l'ennemi, il ne tarda pas à s'arrêter, pour s'avancer ensuite d'une façon insignifiante et s'arrêter peu après en envoyant ses cuirassiers en éclaireurs.

Les cavaliers furent tout d'abord repoussés par la cavalerie ennemie, qui tomba sur eux à l'improviste; mais au moment même où, après avoir été chercher du renfort, ils revenaient pour attaquer les cavaliers ennemis avec des forces suffisantes, on vit tout à coup apparaître le corps de l'Ouest, qui gravissait une petite hauteur à une distance déjà assez considérable. Le corps se retirait en ordre de bataille; les bataillons étaient formés en lignes de colonnes de compagnie; les pelotons marchaient en files. En somme le corps entier se composait d'une quantité de *points étroits, séparés les uns des autres, constituant dans leur ensemble une longue ligne de front, sans épaisseur, sans continuité, et ne présentant dans aucune de ses parties un but sur lequel on pût tirer avec quelque chance de l'atteindre.*

Le corps de l'Est, connaissant dès lors la direction suivie par l'ennemi, voyant qu'il se retirait en bon ordre et prêt à combattre, fatigué du reste par une longue marche et deux combats, cessa de poursuivre le corps de l'Ouest. La cavalerie fut chargée du service des postes avancés et des grand'gardes. Le reste du corps installa son bivac.

D'autre part, le corps de l'Ouest, après être arrivé au sommet de cette hauteur, avait fait face en arrière, puis, après une halte de quelques instants, quitta cette position, sur laquelle on ne laissa que des vedettes et des grand'gardes de cavalerie, et alla installer son bivac.

A la tombée de la nuit, la cavalerie fut remplacée dans le

service de sûreté par l'infanterie, qui naturellement fut placée moins en avant.

Ce soir-là, les deux corps furent obligés de bivaquer. Le corps de l'Est s'était établi à cheval sur la route située au sud du bois qu'on venait de traverser; le corps de l'Ouest un peu en arrière de la dernière hauteur qu'il avait occupée. On avait trouvé là un campement parfait dans un ravin profond, où les troupes eurent moins à souffrir de la température, qui s'était refroidie tout à coup. Ces deux journées avaient dû être fort dures pour les hommes. Les manœuvres prirent chaque jour cinq heures, et si l'on ajoute encore le temps pour le rassemblement, la marche jusqu'au rendez-vous et jusqu'aux cantonnements, les distributions de vivres et de bois, on arrive à un total de dix à douze heures de travail. De plus, il faut ajouter que dans chacun des deux camps un bataillon et un escadron étaient chargés, à tour de rôle, du service des grand'gardes et avant-postes.

Malgré la pluie, les bivacs avaient un assez bon aspect; les hommes allumèrent de grands feux et disposèrent tout autour du foyer de la paille, sur laquelle ils se couchèrent, en ayant soin de mettre le feu à l'abri du vent, grâce à des espèces d'écrans qu'ils fabriquèrent avec de la paille.

III. — OPÉRATIONS DU TROISIÈME JOUR, 25 SEPTEMBRE.

Les marches des jours précédents et la température rigoureuse de la dernière nuit ayant éprouvé les troupes, on se décida à leur accorder un jour de repos et à les cantonner. Seuls les avant-postes durent rester sur le terrain et prendre une position en rapport avec les nouvelles instructions reçues par les commandants de corps.

L'idée spéciale des opérations était en effet la suivante :

Le corps de l'Ouest s'est arrêté, a reçu d'Épernay des renforts et l'ordre de prendre l'offensive et de marcher à l'ennemi, qui, pour assurer ses communications en arrière, s'est un peu détourné de la direction qu'il avait suivie dans le principe, s'est porté un peu à l'est et fait actuellement front dans la direction du sud-ouest. Le gros de ce corps est cantonné autour de Bouzy.

Enfin on donna comme renfort au corps de l'Ouest les deux escadrons de uhlans qui jusqu'ici avaient fait partie du corps de l'Est.

Quelques mots suffiront pour décrire le nouveau terrain sur lequel vont avoir lieu désormais les manœuvres.

Une chaîne de collines partant du haut du plateau de la Montagne de Reims, dont le versant méridional est, à cet endroit, à environ 8 kilomètres de la Marne, côtoie vers le sud-ouest, dans la direction d'Épernay. L'un des versants, celui qui regarde la vallée d'Avenay et de Louvois, est coupé presque à pic, tandis que l'autre versant s'incline au contraire doucement et progressivement. On trouve de ce côté une foule de petites hauteurs, de mamelons, de mouvements de terrain. L'accès de cette chaîne est généralement facile. Il est aisé de se rendre compte des mouvements qu'on y opère, car elle n'est couverte que çà et là par des petits bois de pins. En certains points, elle forme de grands plateaux d'où l'on domine la chaîne entière.

Les avant-postes du corps de l'Est avaient obliqué vers l'est le 25, et s'étaient placés en avant du gros, qu'on avait cantonné sur le plateau, à l'ouest de Bouzy et à cheval sur les hauteurs. La cavalerie avait, avec le jour, repris le service des avant-postes ; elle avait placé des vedettes doubles sur les points les plus élevés et d'où l'on pouvait découvrir tout ce qui se passait au loin ; puis, à quelque distance derrière ces vedettes et cachées derrière des plis de terrain, on avait installé les grand'gardes. Derrière ces grand'gardes se trouvait le reste de l'escadron; puis, plus en arrière et campant dans une cavité, le bataillon d'avant-postes, à 300 pas environ en avant duquel se trouvait une garde de camp.

Le corps de l'Ouest n'avait pas encore, à ce moment, déterminé la position de ses avant-postes. Son chef ne voulait prendre de dispositions définitives qu'après avoir pu par lui-même examiner la position de l'ennemi.

Il employa à cet effet un des deux escadrons de uhlans qu'on venait d'adjoindre à son corps, et fit avec ces cavaliers, dans la matinée du 25, une reconnaissance aussi hardie que bien conduite, aussi rapidement qu'intelligemment exécutée.

Les vedettes des cuirassiers avaient devant elles, à environ 800 ou 1,000 pas, une hauteur escarpée dont le sommet, assez étendu, est le point le plus élevé de cette partie de la chaîne, et dont les flancs sont, en plusieurs endroits, couverts de petits boqueteaux. C'est après avoir contourné cette hauteur, en se cachant dans ces boqueteaux, qu'un escadron de uhlans ennemis arriva tout à coup au trot sur la ligne même occupée par les vedettes, déploya ses flanqueurs et ses soutiens et se dirigea avec son gros vers l'endroit où l'on présumait trouver les grand'gardes.

Les vedettes doubles furent repoussées, et la grand'garde avait à peine eu le temps de monter à cheval pour se porter contre les flanqueurs ennemis qui avaient fait reculer les vedettes, qu'elle-même était attaquée, chargée et obligée de se replier sur le gros de l'escadron, qui repoussa à son tour les uhlans.

Pendant ce temps, le commandant du corps de l'Ouest avait pu se rendre compte de la position de l'ennemi : il avait atteint le but qu'il s'était proposé; il rallia donc ses cavaliers et se retira. Aussitôt après il porta ses vedettes sur la hauteur, et l'on dut remarquer l'intelligence avec laquelle les uhlans se cachèrent, eux, leurs chevaux et leurs lances, derrière les arbres ou dans les boqueteaux, et parvinrent à tout voir sans être vus.

Le soir, l'infanterie reprit le service, et si l'on en excepte quelques coups de fusil échangés aux avant-postes, le reste du jour et la nuit se passèrent dans une tranquillité absolue.

IV. — OPÉRATIONS DU QUATRIÈME JOUR, 26 SEPTEMBRE.

Le corps de l'Ouest prit l'offensive le 26, dès le matin, avec deux pelotons de uhlans. Ces deux pelotons envoyèrent leurs flanqueurs contre toute la ligne des vedettes ennemies. Le gros, caché par le sommet de la hauteur, se porta contre l'aile droite de l'ennemi.

On opposa encore les cuirassiers aux uhlans, et il y eut alors un petit combat dans lequel les uhlans eurent l'avantage, parce que, ne croyant avoir affaire qu'à des flanqueurs, les cuirassiers s'étaient par trop éparpillés.

La lutte s'engageait en même temps à l'extrême droite du corps de l'Est, dans la vallée d'Avenay. Le corps de l'Ouest paraissait vouloir tenter de ce côté un mouvement tournant, et avait envoyé des détachements d'infanterie garnir les boqueteaux placés au fond de la vallée. Mais le commandant du corps de l'Est avait placé à cet endroit un poste assez considérable, chargé d'empêcher l'ennemi de tourner la position et de s'approcher par trop. Une fusillade violente ne tarda pas à se faire entendre dans la vallée, presque au moment où le combat de cavalerie cessait sur la hauteur.

Les deux détachements reçurent des renforts sans qu'aucun d'eux pût parvenir à faire le moindre progrès. Le combat resta stationnaire. Il convient toutefois de remarquer

que les troupes du corps de l'Ouest surent mettre très-habile-
ment à profit une carrière et un chemin creux qui passe à
mi-côte, tandis que leur aile gauche s'appuyait aux boqueteaux du fond de la vallée.

Les compagnies du corps de l'Est avaient d'abord essayé
de prendre l'offensive et de se porter en avant à l'approche
de l'ennemi. Mais, prises en flanc par les feux partant du
chemin creux, elles se virent obligées de s'arrêter. On tenta
alors de repousser les troupes du corps de l'Ouest en les faisant attaquer par une compagnie fraîche placée sur les hauteurs. Mais les troupes du corps de l'Ouest garnirent alors la
carrière placée à leur aile droite avec de nombreux tirailleurs, qu'ils poussèrent un peu vers la droite, en ordonnant
en même temps à cette aile droite de se ployer un peu en
arrière. Ainsi disposées, ces troupes purent se maintenir et
accomplir la mission qu'on leur avait confiée, à elles et aux
uhlans, et qui consistait à attirer l'attention de l'ennemi sur
la vallée.

Le gros des forces de l'Ouest put donc effectuer tranquille-
ment son mouvement.

Tout à coup tout s'anima du côté du sud : du plateau où
se tenaient les vedettes du corps de l'Ouest descendent subi-
tement deux ou trois colonnes profondes, qui, couvertes en
partie par les bois de pins, arrivent presque au pied de la
hauteur avant d'avoir été aperçues par le corps de l'Est.

Ce corps, en effet, en présence de l'importance prise par
l'engagement qui avait lieu sur son aile droite, avait pris
position sur une des hauteurs de la chaîne. Son artillerie
s'était placée près d'un moulin situé sur un point culminant.
Derrière l'artillerie, on avait posté un bataillon, qui se trouvait complétement à couvert; en arrière de ces troupes, la
cavalerie et le 3e bataillon formaient la réserve du corps.

L'artillerie, à laquelle sa position élevée avait permis d'ou-

vrir le feu contre la vallée, dirigea son tir contre les masses
qui descendaient des hauteurs et qui, marchant obliquement
à cette batterie, présentaient par suite une certaine profondeur. Mais ces troupes ne tardèrent pas à se mettre à couvert
en se portant au pas de course jusqu'au pied de la hauteur,
où elles s'abritèrent derrière des mouvements de terrain et
dans des trous. De plus, dès que les pièces ennemies eurent
dirigé leur feu de ce côté, l'artillerie du corps de l'Ouest vint
se mettre en batterie pour protéger la marche et préparer
l'attaque de l'infanterie.

Au bout d'un certain temps, le gros du corps de l'Ouest,
qui avait continué son mouvement offensif, reparaît de nouveau ; mais comme elles se présentent cette fois de face, les
colonnes n'offrent plus qu'une profondeur insignifiante. Cette
infanterie s'était en effet formée sur deux lignes pendant que
l'artillerie du corps canonnait l'ennemi. La première ligne
se compose d'un bataillon qui, en se rapprochant de l'ennemi,
se forme en colonne de compagnie. Ce bataillon est précédé
par des tirailleurs et des soutiens.

Le 2ᵉ bataillon, formant la deuxième ligne, le suit à quelques centaines de pas, également en colonne de compagnie.

On eut alors l'occasion de constater une fois encore qu'un
feu d'artillerie, même très-violent, ne peut faire éprouver
que des pertes peu considérables à des troupes formées de
la sorte. La nature même du sol, crayeux et mou, ainsi que
la marche constante des colonnes, devaient du reste, sur ce
point, contribuer à enlever au feu d'artillerie une grande
partie de son efficacité.

La première ligne continue donc à s'avancer dans la direction du moulin, fait ouvrir le feu par ses tirailleurs et cherche, pendant ce temps, à se relier avec le bataillon engagé
dans la vallée. Ce bataillon, voyant que l'espace qui le sépare
du reste de la ligne diminue de plus en plus, se porte en

avant, poursuit l'ennemi, qui se retire et se dirige également sur le moulin.

- Le corps de l'Est, afin de résister à ces attaques, fait avancer le bataillon posté près de ce moulin, le déploie en essaims de tirailleurs et en colonne de compagnie. Le bataillon qui occupait la vallée s'est retiré sur la hauteur et forme la droite de la ligne de bataille. Les tirailleurs sont placés dans les vignes et dans un petit chemin creux ; d'autres, se servant de leurs outils, se creusent des trous et cherchent à se mettre rapidement à l'abri. La batterie prend une position excellente et ouvre le feu contre l'ennemi, et particulièrement contre sa deuxième ligne, qui se prolonge à ce moment dans la direction de l'est.

Le commandant du corps de l'Ouest a poussé en effet son bataillon de deuxième ligne et sa cavalerie vers le nord-est, afin de déborder et de tourner l'ennemi, pendant que le bataillon qui avait combattu dans la vallée et le bataillon de première ligne commençaient l'assaut de la hauteur.

Le corps de l'Est déploie alors ses compagnies, fait exécuter des salves et des feux à volonté, donne à son artillerie l'ordre de continuer à tirer ; en un mot, il s'attend à une attaque et se prépare à la repousser.

C'est à ce moment qu'on sonna la *halte générale* et que le combat cessa momentanément.

Combat pendant la retraite. Charge de cavalerie.

Dès que le commandant en chef eut achevé d'exposer les observations que lui avait inspirées ce combat, on accorda au corps de l'Est dix minutes pour évacuer la hauteur du moulin. Cette évacuation s'effectua conformément aux principes appliqués pendant les deux premiers jours des opérations.

Le corps se dirigea sur Bouzy, gros village de vignerons,

aux maisons solidement bâties, entouré de murs, situé dans une plaine un peu accidentée, sur le versant oriental de la chaîne. On envoya aussitôt le bataillon de réserve occuper le village, et pendant la retraite l'arrière-garde essaya plusieurs fois d'arrêter l'ennemi : d'abord à l'entrée d'un petit bois, puis sur la route qui mène de Tauscines à Condé et qui domine un peu les terrains voisins. Les sections d'arrière-garde purent, sur ce dernier point, résister pendant quelque temps, mais elles se trouvèrent alors complétement séparées et bien loin du gros, qui avait continué sa retraite.

Le commandant du corps de l'Ouest, profitant alors du moment où cette arrière-garde abandonnait la position qu'elle avait occupée derrière la route et se retirait à travers champs, pensant en outre qu'elle devait être un peu ébranlée par le combat qu'elle venait de soutenir près du moulin et pendant la retraite, se hâta de lancer contre elle toute sa cavalerie, afin d'essayer de la rompre et d'enfoncer ces compagnies isolées avant qu'elles pussent être protégées par les feux partant de Bouzy.

Deux escadrons de cuirassiers et deux escadrons de uhlans se portèrent, à travers champs, de l'aile droite du corps de l'Ouest contre l'aile droite de ces compagnies, et chargèrent vigoureusement les tirailleurs, les soutiens et le gros des compagnies.

Cette infanterie se rallia rapidement, fit front contre les cavaliers et dirigea sur eux des salves exécutées avec un calme et un ensemble merveilleux. Quelques compagnies firent des feux de quatre rangs, d'autres déployèrent leurs pelotons à droite et à gauche et, formées sur deux rangs, attendirent les cavaliers. Les essaims de tirailleurs durent ici former rapidement le peloton et venir aussi vite que possible se rallier sur la ligne.

Les défenseurs de Bouzy essayèrent également de les soutenir en ouvrant le feu sur les cavaliers du corps de l'Ouest. Les cavaliers furent donc accueillis par des feux d'ensemble à 500 pas ; ils ne s'arrêtèrent cependant qu'à 200 pas des fantassins. Leur charge, admirablement exécutée, fut faite en temps opportun. C'est, du reste, ce que l'arbitre s'empressa de constater, tout en félicitant l'infanterie de l'intelligence qu'elle avait déployée au même moment.

Combat de Bouzy.

Lorsque les cavaliers, après s'être arrêtés, se furent repliés au pas, le bataillon d'arrière-garde du corps de l'Est continua sa retraite, et, protégé dès lors par le feu des défenseurs de Bouzy, il laissa le village au sud et se retira derrière le gros pour servir de réserve au corps.

Le corps de l'Est était alors disposé de la façon suivante :

Un bataillon occupait Bouzy ; un bataillon et deux canons étaient postés à 1,000 pas en arrière, sur une hauteur au sommet de laquelle s'élève un moulin.

Le 3e bataillon, qui avait couvert la retraite, formait, avec les deux escadrons de cuirassiers, la réserve ; il avait été placé à Ambonnay, village situé à 1,000 pas à l'ouest du moulin, à l'endroit où les hauteurs s'infléchissent et rejoignent la plaine.

Bouzy est un village que sa position et sa nature rendent facile à défendre. C'est une localité assez grande, de forme carrée ; les maisons sont solides, bâties en pierre. Le village entier est entouré de murs. En arrière du village se trouvent la mairie et l'église, qui forment deux îlots distincts.

On se contenta de figurer la garnison de ces deux édifices ; mais on porta sur la lisière du village, à toutes les issues, des détachements ; comme on ne pouvait pénétrer dans les jardins, les soldats, au lieu de se trouver derrière les murs, furent placés devant ces murs, qu'ils auraient, en temps de guerre, crénelés immédiatement. On expliqua, du reste, tout cela aux hommes.

Pendant ce temps, le corps de l'Ouest avait poussé ses tirailleurs jusqu'à 700 pas du village ; puis, dès qu'on eut acquis la certitude que le village était fortement occupé, on s'arrêta et les tirailleurs seuls continuèrent le feu. L'artillerie se mit en batterie à 1,400 ou 1,600 pas à l'ouest de Bouzy, et prépara l'attaque du village en dirigeant un feu bien régulier sur les maisons. L'infanterie avait alors fait avancer ses tirailleurs, qu'elle avait renforcés au préalable, surtout sur sa droite, qui, continuant à se porter en avant, entoura l'extrémité sud-ouest et la lisière sud du village.

Au bout d'un certain temps le feu devint plus violent et l'on se rapprocha davantage ; puis, quand on crut le moment arrivé, on attaqua simultanément le village au sud et à l'ouest, en portant en avant les colonnes de compagnie, tambour battant. Les défenseurs de Bouzy reçurent cette première attaque de pied ferme, et n'évacuèrent la lisière du village que devant une seconde attaque et lorsqu'ils se virent menacés sur leurs flancs et sur leurs derrières.

Le combat de rues et de maisons qu'on se serait livré à ce moment ne put naturellement, par suite de l'impossibilité de pénétrer dans les maisons, qu'être indiqué par une pause à la suite de laquelle les troupes du corps de l'Est évacuèrent le village et se retirèrent sur Ambonnay, c'est-à-dire en arrière des troupes qui occupaient les hauteurs que domine le moulin.

L'attaque sur Bouzy aurait dû d'ailleurs être faite, en temps de guerre, du côté du nord, d'où l'on domine en effet le village ; mais, à cause de la grande valeur des vignes qui se trouvent en cet endroit, on fut obligé de renoncer à opérer dans cette direction.

Après avoir pris Bouzy, il restait encore à enlever le moulin et la colline au sommet de laquelle il se trouve. Cette partie du combat ressembla d'ailleurs à tous les précédents engagements de défense et d'attaque de hauteurs. Le corps de l'Ouest lança des forces supérieures en nombre sur le front et l'aile gauche de la position, prépara l'attaque par ses feux, puis monta à l'assaut. L'ennemi lui répondait par des feux de peloton et des feux à volonté. On sonna alors la halte. Les troupes de l'Est évacuèrent la hauteur, se retirant sur Ambonnay, où elles rejoignirent le reste du corps.

Pendant toute la durée de la marche en avant du corps de l'Ouest, quatre escadrons de cavalerie précédaient sensiblement l'aile droite de ce corps, essayant de déborder l'ennemi à chaque instant, et l'inquiétaient sur son flanc gauche. Celui-ci profita, du reste, d'un moment où les cavaliers s'étaient trop rapprochés de lui (600 ou 700 pas) pour leur faire envoyer, par l'une des compagnies postées au moulin, quelques salves de mousqueterie.

Le corps de l'Est chercha, de son côté, à tenter un coup de main sur la batterie ennemie, qui se trouva à un moment obligée de manœuvrer sans avoir de soutien auprès d'elle. On fit charger l'escadron de cuirassiers ; mais ceux-ci, pressés par le temps, n'ayant par suite pas pu envoyer des éclaireurs reconnaître le terrain en amont, furent arrêtés par un ravin, durent faire volte-face, et eurent alors à subir le feu des tirailleurs ennemis.

Le corps de l'Ouest, après la prise de la colline du moulin, se dirigeait sur Ambonnay, quand il vint se heurter contre la réserve du corps ennemi. Cette rencontre donna lieu à un nouvel engagement, dans lequel on tenta une fois encore de déborder le flanc gauche de l'ennemi. Celui-ci se mit en retraite à travers la plaine, qu'il traversa *en échiquier*, pour atteindre et mettre entre lui et son adversaire le canal de la

Marne à l'Aisne, qui se trouve à un peu plus de deux mille mètres d'Ambonnay.

Mais pendant que l'on continuait à tirailler autour d'Ambonnay, les quatre escadrons du corps de l'Ouest se jetèrent sur le flanc gauche et même sur les derrières du gros du corps en retraite, et se mirent à le charger vigoureusement. Les cavaliers furent accueillis par des feux de bataillon, durent se replier, et essuyèrent dans leur mouvement de recul le feu des autres troupes ennemies. La cavalerie du corps de l'Est essaya même d'inquiéter leur retraite ; mais il est vrai d'avouer que leur attaque subite sur les derrières d'une troupe battue et en retraite aurait en guerre produit des effets dont il n'est pas possible de préciser ici l'importance.

Cette charge de cavalerie fut le dernier fait de guerre de cette journée.

Le corps de l'Ouest avait repris Ambonnay, s'y était arrêté, se contentant d'envoyer quelques obus à l'ennemi, qui traversait la plaine. Celui-ci atteignit enfin le canal, fit passer de l'autre côté d'abord l'artillerie, puis le reste du corps. La cavalerie, qui était chargée de contenir les cuirassiers et les uhlans de l'ennemi, passa la dernière.

Après que le corps entier eut traversé le canal, après que son artillerie eut pris une position d'autant plus favorable que le terrain s'élève de nouveau de ce côté, et eut envoyé quelques coups de canon sur Ambonnay, le silence le plus absolu se fit dans les deux corps.

La cavalerie continua à faire le service des avant-postes, tandis que le reste des troupes s'installait au bivac.

V. — OPÉRATIONS DU CINQUIÈME JOUR, 27 SEPTEMBRE 1872

Idée spéciale pour la journée.

Le corps de l'Ouest, après les avantages qu'il vient de

remporter, reçoit la nouvelle que des troupes ennemies parties de Reims sont en marche pour l'attaquer sur ses derrières. Il doit donc chercher à mettre la Marne entre l'ennemi et lui. Comme les autres passages sont menacés par l'ennemi ou même sont aux mains de l'ennemi, il se décide à obliquer à droite et à passer la rivière auprès de Condé. Le corps de l'Est doit essayer d'empêcher l'exécution de ce plan, ou du moins doit essayer, faute de mieux, de suivre l'ennemi pas à pas et de l'inquiéter sérieusement. A cet effet on lui rend les deux escadrons de uhlans. Le 26 au soir les deux corps occupent les positions suivantes : le gros du corps de l'Ouest campait entre Bouzy et Ambonnay, le gros des avant-postes était au nord d'Ambonnay, la ligne des avant-postes courait dans toute la plaine et se trouvait à huit cents ou mille pas environ du canal. Le corps de l'Est gardait ce canal ; ses avant-postes surveillaient les ponts et les passages, ses grand'gardes (vedettes doubles) étaient placées de l'autre côté de ce canal.

A l'est du canal le terrain se relève immédiatement pour former une série de mamelons : c'est derrière un de ces mamelons que se trouvait le gros des avant-postes, tandis que le gros du corps était abrité par une autre colline.

Le village de Condé se trouve situé au point de joncti des canaux de la Marne à l'Aisne et de la Marne au Rhin, et sur la rive occidentale du premier. Les avant-postes du corps de l'Est s'étendaient jusque-là, et une grand'garde occupait l'entrée nord-ouest du village.

A cet endroit la Marne est bordée, sur sa rive gauche, par de vastes prairies ; plus à gauche de ces prairies s'élèvent de nombreux boqueteaux assez épais, puis, derrière eux, se trouve un ruisseau large et marécageux. Les hauteurs, au contraire, arrivent sur la rive droite jusqu'à la distance des bords de la rivière. De ce côté se trouve également le canal latéral de la Marne au Rhin, qu'une digue sépare seule de la Marne.

Il n'existe de ponts qu'aux endroits suivants :

1° A Condé, deux ponts sur le canal et un pont sur la Marne ;

2° A Tours-sur-Marne, un pont sur le canal et un pont sur la Marne.

Tous ces ponts sont étroits; trois à quatre hommes au plus peuvent y passer de front.

Le 27, au matin, la cavalerie avait remplacé l'infanterie aux avant-postes du corps de l'Est; de forts pelotons de cuirassiers avaient été envoyés à Condé et même au-delà de ce village. Le corps de l'Ouest parvint néanmoins à chasser ces cavaliers, à s'emparer de Condé et des ponts, à commencer le passage du canal et de la rivière avant que l'ennemi eût eu le temps de l'inquiéter sérieusement.

Le corps de l'Est, qui avait fait observer l'ennemi non-seulement à Condé, mais encore par les éclaireurs placés sur toute la ligne, s'était porté sur Condé par une marche de flanc, dès qu'il avait eu connaissance du mouvement exécuté par le corps de l'Ouest, mais il ne put arriver à Condé que lorsque son adversaire avait déjà réussi à traverser et le canal et la rivière. Il cherche alors à le suivre, à forcer le passage. Un combat des plus vifs s'engage aussitôt.

Afin de retarder la poursuite, le corps de l'Ouest avait laissé un bataillon sur la Marne; une compagnie s'était déployée près du pont de la Marne, dans les boqueteaux qui garnissent la rive gauche; une autre compagnie est portée un peu plus loin et s'est déployée vis-à-vis du pont qui mène de Condé dans la petite langue de terre située entre la Marne et le canal. Cette compagnie doit, quand l'ennemi tentera de passer de ce côté du canal, afin de l'empêcher de s'emparer du pont de la Marne situé plus en amont, diriger sur son flanc un feu bien nourri.

Le reste du bataillon sert de réserve et est abrité derrière les murs d'un jardin.

Afin de préparer l'attaque du pont, le corps de l'Est fait occuper à son artillerie et à son infanterie la rive droite à l'est de Condé, à un endroit où ses bords sont élevés et escarpés, et cherche, par le feu qu'elle dirige sur les sections ennemies, postées à peu de distance et dans un terrain dominé, à les obliger à se replier. Mais ces sections, profitant habilement des abris naturels du terrain, tiennent bon, et le corps de l'Est est obligé de recourir à une attaque de vive force ; en outre il donne à sa cavalerie l'ordre de descendre la Marne jusqu'à Tours-sur-Marne et de la passer à cet endroit. Pendant ce temps l'infanterie essaye de forcer à Condé le passage du pont du canal. Accueillie par un feu terrible, elle est obligée de se retirer et de tenter une deuxième attaque ; elle parvient à traverser le pont, se loge dans la langue de terre, puis, couverte par la digue, elle ouvre à son tour, afin de faciliter par là le passage du premier pont aux troupes qui la suivent, le feu sur la compagnie ennemie déployée de l'autre côté de la rivière. Ces troupes, à leur tour, descendent, en s'abritant derrière cette digue, le cours de la rivière, et s'emparent du deuxième pont du canal.

Les troupes du corps de l'Ouest ont, pendant ce temps, déployé une troisième compagnie le long du fleuve ; malgré la violence et l'intensité du feu, l'ordre le plus parfait règne partout ; on voit qu'on a affaire à des soldats disciplinés et sachant leur métier.

Enfin les assaillants, qui ont garni de tirailleurs la ligne située sur la rive droite, et dirigé de là un feu terrible sur l'autre rive, lancent une compagnie en avant. Les troupes de l'Ouest résistent encore un moment, puis se retirent en laissant une compagnie près des murs du jardin où avait été porté le gros du bataillon. Ici, comme à Bouzy, les soldats, au lieu d'être placés derrière les murs, sont placés en avant de ces murs, qu'ils auraient crénelés en temps de guerre.

Après un engagement de peu de durée, on évacue ce réduit, et toute l'arrière-garde du corps, formée par groupes de tirailleurs, traverse les prairies de la vallée, se dirigeant vers les boqueteaux qui limitent cette plaine, suivie par l'ennemi, dont les tirailleurs se portent en avant par bonds saccadés, tirent à genou pour être moins exposés, et forment une longue ligne.

Le gros du corps de l'Est a, pendant ce temps, passé la Marne, et vient s'encadrer dans la ligne des tirailleurs, ligne qui se renforce et s'étend tout d'abord, puis se double plus tard, le reste du corps suivant à quelque distance, formé en colonne de compagnie.

Le corps entier a pu ainsi s'avancer de 1000 pas environ, quand il se voit de nouveau obligé de s'arrêter devant la résistance opposée par l'ennemi. Celui-ci, en effet, est parvenu à atteindre la ligne des boqueteaux. Il a placé de nombreux tirailleurs dans le lit desséché d'un ruisseau qui s'étend sur la lisière même et qui offre, par suite, un abri excellent aux hommes. Son artillerie a pris position sur ce point et balaye de là toute la plaine.

Le combat de mousqueterie vient à peine de commencer, que tout à coup deux bataillons du corps de l'Ouest débouchent des bois et se jettent au pas de course sur l'aile gauche du corps de l'Est. Cette aile gauche plie devant cette attaque et est obligée de faire reculer sa première ligne. Le gros de l'aile se porte alors en toute hâte sur le point menacé, se déploie rapidement et repousse les attaques de l'ennemi par des feux bien exécutés de compagnie et de bataillon.

Aussitôt après, le corps de l'Est prend l'offensive et attaque l'aile gauche de l'ennemi, aile que celui-ci avait été obligé d'affaiblir pour exécuter ce retour offensif.

Cette manœuvre oblige le corps de l'Ouest à rentrer dans les bois, tout en combattant et en se retirant lentement vers l'ouest jusqu'à ce que l'on sonne la *halte*.

On critiqua alors les opérations qui avaient eu lieu, et à ce moment le corps de l'Est fut rejoint par sa cavalerie, qui, ayant trouvé les ponts gardés à Tours-sur-Marne, n'avait pas pu passer la Marne sur ce point.

Après la pause, il y eut encore quelques combats partiels, jusqu'au moment où les avant-postes des deux corps installèrent leurs bivacs dans les bois.

Le sixième jour, 28 septembre, ne nous occupera pas bien longtemps.

Voici quelle était l'idée spéciale pour les opérations de la journée :

Les détachements ennemis partis de Reims, et dont la marche a obligé le corps de l'Ouest à passer sur la rive gauche de la Marne, ont été battus ; le corps de l'Ouest repasse, par conséquent, sur la rive droite, où le terrain est plus favorable et permet de tenter des coups de main. Le corps de l'Est le suit naturellement.

Les manœuvres commencèrent à 7 heures du matin et donnèrent lieu à des opérations intéressantes, mais semblables à celles des jours précédents. Des charges de cavalerie échouèrent encore devant le feu de l'infanterie, qui se forma en carré : un combat de défense et d'attaque d'un pont fut également bien conduit de part et d'autre. Les exercices se terminèrent par une revue de la brigade. Après cette revue, les troupes rentrèrent dans leurs cantonnements, s'y reposèren le lendemain 29, et retournèrent le 30 dans leurs garnisons respectives.

Pour peu qu'on jette un rapide coup d'œil rétrospectif

sur ces manœuvres, il sera facile de se faire une idée de leur caractère réel.

1° *Discipline*. — L'ordre le plus parfait n'a pas cessé de régner un seul instant. Les soldats ont brûlé un nombre relativement peu considérable de cartouches. L'infanterie a su néanmoins se servir admirablement de son feu, et il importe de signaler qu'elle n'a pour ainsi dire jamais manqué de munitions.

2° *Tactique*. — Les trois armes ont constamment, tant au combat que dans le service d'avant-postes, su se conformer aux principes tactiques adoptés. *On a rarement tenté des attaques de front; elles ont été d'ailleurs presque toujours soutenues et préparées par des attaques dirigées contre les flancs.* Quand le terrain ne leur offrait aucun abri, et toutes les fois qu'ils s'arrêtaient, les tirailleurs, comme les sections formées en colonne, se sont toujours mis à genou. On a su profiter habilement des accidents de terrain, et des bataillons entiers ont, à de certains moments, été si bien abrités, qu'il était impossible de deviner leur position.

Quant à ce qui est des combats d'infanterie contre cavalerie, on a admis comme principe que *l'infanterie peut toujours tenir tête à la cavalerie. Aux grandes distances, elle lui résiste en ligne, aux petites distances elle se forme sur quatre rangs. Ce n'est qu'en cas d'attaque soudaine qu'on forme le carré par compagnie. Les tirailleurs ne se sont jamais groupés ni pelotonnés, bien qu'ils se soient souvent formés en ligne continue et compacte.*

Les formations provisoires de combat imposées à l'infanterie par le dernier ordre de cabinet ont donné d'excellents résultats, et diminuent de beaucoup les pertes qu'occasionne le tir de l'artillerie.

L'infanterie ne s'est pas une seule fois servi de sonneries.

générales. La cavalerie et l'artillerie se sont seules, et par-
fois seulement, servies de leurs trompettes. *Les feux de compagnie et de bataillon n'ont jamais été exécutés qu'après une
indication préalable de la distance.*

La cavalerie s'est montrée en tout à la hauteur de sa mission. Les flanqueurs ont eu plusieurs fois occasion de se servir de leurs pistolets.

3° *Caractère général des exercices.* — Tout s'est fait comme
en campagne. Ainsi, par exemple, on a distribué des munitions pendant le combat; le gros et les avant-postes n'ont
jamais su à l'avance où ils bivaqueraient. Le commandant
du corps ne choisissait l'emplacement des bivacs qu'*après* le
combat. Les distributions, par suite, ne se faisaient qu'un
peu plus tard, tout comme en campagne.

Quand il s'agissait de défendre un village, on expliquait
sur le lieu même au soldat ce qu'il aurait à faire en temps
de guerre. Enfin on s'est appliqué à varier à l'infini le caractère et la nature des manœuvres et des combats. Il a fallu
en effet traverser des rivières, défendre et enlever des défilés, des bois, des villages.

*Enfin, dans chaque corps, le commandement en chef a été
confié à tour de rôle à chacun des officiers supérieurs, en suivant l'ordre d'ancienneté, tandis que le commandement des
avant-postes était de même confié alternativement à des officiers des trois armes. Les arbitres eux-mêmes étaient changés
tous les jours.*

PUBLICATIONS

DE

LA RÉUNION DES OFFICIERS

EN VENTE

A LA LIBRAIRIE MILITAIRE DE CH. TANERA

Rue de Savoie, 6, à Paris

MÉLANGES MILITAIRES
Première Série

Nos 1. L'ARMÉE ANGLAISE EN 1871, au point de vue de l'offensive et de la défensive. Paris, Tanera. . . . . Prix : 25 c.

2. ORGANISATION DE L'ARMÉE SUÉDOISE. Projet de réforme. Paris, Tanera. . . . . 25 c.

3 et 4. MODE D'ATTAQUE DE L'INFANTERIE PRUSSIENNE dans la campagne 1870-71, par le duc Guillaume de Wurtemberg. Traduit de l'allemand par M. Conchard-Vermeil. Paris, Tanera. . . . . 50 c.

5. DE LA DYNAMITE et de ses applications pendant le siége de Paris. Paris, Tanera. . . . . 25 c.

6. QUELQUES IDÉES SUR LE RECRUTEMENT, par G. B. Paris, Tanera. . . . . 25 c.

7. ETUDE SUR LES RECONNAISSANCES, par le commandant Pierron. Paris, Tanera. . . . . 25 c.

8, 9 et 10. ETUDE THÉORIQUE sur l'organisation d'un corps d'éclaireurs à cheval, par H. de La F. Paris, Tanera . 75 c.

11, 12, 13. ETUDE SUR LA DÉFENSE DE L'ALLEMAGNE OCCIDENTALE, et en particulier de l'Alsace-Lorraine. Traduit de l'allemand. Paris, Tanera. . . . . 75 c.

14. L'ARMÉE DANOISE. Organisation. Recrutement Instruction. Effectif. Paris, Tanera. . . . . 25 c.

15, 16, 17. Les Places fortes du N. E. de la France, et Essai de défense de la nouvelle frontière. Paris, Tanera . . 75 c.

18, 19. De la détermination du calibre dans les armes portatives, par J. L., cap. d'artillerie. Paris, Tanera. 50 c.

20. Des bibliothèques militaires, de l'établissement d'un catalogue et de la tenue des principaux registres. Paris, Tanera. 25 c.

21, 22, 23, 24. L'Artillerie au siége de Strasbourg en 1870. Notes recueillies par un officier de l'artillerie suisse. Traduit de l'allemand par P. Larzillière. Paris, Tanera. . 1 fr.

25, 26. L'Artillerie de campagne des grandes puissances européennes et les Canons rayés. Traduit de l'allemand par M. Meert, capitaine d'artillerie. Paris, Tanera. . 50 c.

27. Des canons et fusils a vapeur, par J. L., capitaine d'artillerie. Paris, Tanera. . . . . 25 c.

28, 29. La Cavalerie de réserve sur le champ de bataille, d'après l'italien, par Foucrière, sous-lieut. au 81e rég. de ligne. Paris, Tanera. . . . . 50 c.

30. De la répartition de l'armée sur le territoire. Paris, Tanera. . . . . 25 c.

31, 32. Le Télémètre Nolan, appareil destiné à mesurer les distances, avec planche. Paris, Tanera. . . . . 50 c.

33. La Bataille de Spicheren envisagée au point de vue stratégique. Traduit de l'allemand par Weil. Paris, Tanera. 25 c.

34. De l'équitation dans les régiments de cavalerie en Prusse, par H. de La F. Paris, Tanera. . . . . , . . . 25 c.

35. L'Armée prussienne en Alsace pendant l'hiver dernier, notes recueillies par C. Sandherr, lieutenant de chasseurs à pied. Paris, Tanera. . . . . 25 c.

36, 37. De la justesse du tir des bouches a feu et des armes portatives, par M. J. Lefèvre, capitaine d'artillerie. Paris, Tanera. . . . . 50 c.

38. Des métaux employés dans la fabrication des canons anglais, par J. L., capitaine d'artillerie. Paris, Tanera. 25 c.

39, 40. Instruction théorique et pratique de l'infanterie, par E. Uffler, cap. au 93e rég. de ligne. Paris, Tanera. 50 c.

41, 42. L'Exploitation des chemins de fer français par

LES ARMÉES ALLEMANDES, d'après les documents officiels allemands, par M. Martner, capitaine d'état-major, avec carte. Paris, Tanera. . . . . 50 c.

43, 44. IDÉES SUR L'ATTAQUE DES PLACES FORTES. Conférence faite à Berlin par le général-major prince de Hohenlohe-Ingelfingen, d'après l'allemand, par A. Klipffel, capitaine du génie. Paris, Tanera. . . . . 50 c.

45, 46. DE L'INSTRUCTION PRATIQUE DE LA COMPAGNIE D'INFANTERIE. Paris, Tanera. . . . . 50 c.

47, 48, 49, 50. CONSIDÉRATIONS SUR LA GUERRE DES PLACES FORTES, 1870-1871. Traduit de l'allemand par Couturier, lieutenant au 55e régiment. Paris, Tanera . . . . . . 1 fr.

51, 52. ÉTUDE SUR LES PEINES DISCIPLINAIRES EN CAMPAGNE, par G. D., officier d'état-major. Paris, Tanera. . . . 50 c.

53, 54. HISTORIQUE DES REMONTES DEPUIS LES ROMAINS, suivi d'un projet d'organisation d'une landwehr hippique, par L. L., sous-intendant militaire. Paris, Tanera. . . . 50 c.

55. LE TÉLÉMÈTRE DE CAMPAGNE DU COLONEL RUSSE STUBENDORF, avec planche. Paris, Tanera. . . . . 25 c.

56, 57, 58. ÉTUDES SUR LE SERVICE DES ÉTAPES, d'après les renseignements personnels recueillis pendant la guerre de 1870-71 par un officier de l'inspection générale bavaroise des étapes. Traduit de l'allemand par Couturier, lieutenant au 55e régiment. Paris, Tanera. . . . . 75 c.

59, 60. APERÇU DE GÉOGRAPHIE MILITAIRE SUR LE LITTORAL DE LA CONFÉDÉRATION DE L'ALLEMAGNE DU NORD, et étude des mesures de défense prises par les Allemands pendant la guerre de 1870-71 contre un débarquement de troupes françaises, par Dubois, capit. du génie. Paris, Tanera. 50 c.

61, 62. ÉTUDE ET ENSEIGNEMENT DE LA STATISTIQUE MILITAIRE, par Chanoine, chef d'escadron d'état-major. Paris, Tanera. . . . . 50 c.

63. COMPARAISON ENTRE LE CANON DE CAMPAGNE ET LA MITRAILLEUSE, par E. Klutschack. Traduit de l'allemand par de La Roque, capitaine d'artillerie. Paris, Tanera. . 25 c.

64, 65, 66. MÉMOIRE SUR LES FUSILS SE CHARGEANT PAR LA CULASSE employés dans les armées de Prusse, de France et d'Angleterre, par le capitaine Mervin Drake, instructeur de tir. Traduit de l'anglais par M. de Pina, capitaine de frégate. Paris, Tanera. . . . . 75 c.